HÉSIODE ÉDITIONS

DOSTOÏEVSKY

Le Petit héros

Hésiode éditions

© Hésiode éditions.

1 rue Honoré - 93500 Pantin.
ISBN 978-2-38512-131-0
Dépôt légal : Décembre 2022

Impression Books on Demand GmbH

In de Tarpen 42
22848 Norderstedt, Allemagne

Le Petit héros

Je n'avais pas encore onze ans, lorsqu'au mois de juillet on m'envoya passer quelque temps aux environs de Moscou, dans une terre appartenant à un de mes parents, M. T***, qui continuellement réunissait alors chez lui une cinquantaine d'invités, peut-être même davantage ; car, je dois le dire, ces souvenirs sont lointains !

Tout y était gai et animé ; c'était une fête perpétuelle. Notre hôte paraissait s'être juré de dissiper le plus vite possible son immense fortune ; et, en effet, il réussit rapidement à résoudre ce problème : il jeta si bien l'argent par les fenêtres, que bientôt il n'en resta plus vestige. A chaque instant arrivaient de nouveaux hôtes : on était là tout près de Moscou, que l'on voyait à l'horizon, de sorte que ceux qui partaient cédaient la place à de nouveaux venus, et la fête continuait toujours. Les divertissements se suivaient sans interruption, et l'on n'en voyait pas la fin : parties de cheval dans les environs, excursions dans la forêt et promenades en bateau sur la rivière ; festins, dîners champêtres, soupers sur la grande terrasse bordée de trois rangées de fleurs rares, qui répandaient leurs parfums dans l'air frais de la nuit. Les femmes, presque toutes jolies, semblaient, à la lueur d'une illumination féerique, encore plus belles, avec leurs yeux étincelants et le visage animé par les impressions du jour.

Les conversations se croisaient, vivement interrompues par de sonores éclats de rire ; puis c'étaient des danses, des chants, de la musique ; si le ciel s'obscurcissait, on organisait des tableaux vivants, des charades, des proverbes, des spectacles ; il y avait aussi des beaux parleurs, des conteurs, des faiseurs de bons mots. Certes, tout cela ne se passait pas sans médisances et sans commérages, car autrement le monde ne saurait exister, et des millions de personnes mourraient d'ennui. Mais comme je n'avais que onze ans, je n'y prêtais aucune attention, absorbé que j'étais par mes propres idées ; et d'ailleurs, si j'avais remarqué quelque chose, je n'aurais pu m'en rendre compte, tellement j'étais ébloui par le côté brillant du tableau qui frappait mes yeux d'enfant ; ce n'est que plus tard que tout m'est revenu par hasard à la mémoire, et que j'ai compris ce que j'avais vu et entendu à cette époque. Quoi qu'il en soit, cet éclat, cette animation, ce bruit que j'avais ignoré jusque-là, m'impressionnèrent d'une telle manière que les premiers jours je me sentis comme perdu et que j'eus le vertige.

Je parle toujours de mes onze ans, c'est qu'en effet j'étais un enfant, rien qu'un enfant. Parmi les jeunes femmes, plusieurs me caressaient volontiers, mais ne songeaient guère à s'informer de mon âge ; cependant, – chose étrange ! – un sentiment, que j'ignorais encore, s'était emparé de moi, et quelque chose s'agitait vaguement dans mon cœur. Pourquoi ce cœur battait-il si fort par moments, et pourquoi mon visage se couvrait-il de subites rougeurs ? Tantôt je me sentais confus et comme humilié de mes privilèges d'enfant ; tantôt j'étais envahi par une sorte d'étonnement et j'allais me cacher là où personne ne pouvait me trouver. Je cherchais alors à reprendre haleine ; j'étais hanté par un vague ressouvenir qui m'échappait soudain, sans lequel je me figurais pourtant que je ne pouvais me montrer et dont il m'était impossible de me passer. Tantôt il me semblait que je me dissimulais à moi-même quelque chose que je n'aurais jamais révélé à personne, et moi, petit homme, je me sentais parfois des mouvements de honte au point d'en verser des larmes.

Bientôt je me trouvai isolé dans le tourbillon qui m'entourait. Parmi nous il y avait d'autres enfants ; mais tous étaient beaucoup plus jeunes ou beaucoup plus âgés que moi, et je ne me souciais pas d'eux.

Rien ne me fût arrivé, pourtant, s'il ne s'était produit une circonstance exceptionnelle. Pour ces belles dames, je n'étais qu'un petit être insignifiant qu'elles aimaient à combler de caresses, et avec lequel elles pouvaient jouer à la poupée. L'une d'elles, surtout, une ravissante jeune femme blonde, ayant une épaisse et magnifique chevelure, comme je n'en avais jamais vu, et comme je n'en rencontrerai certainement plus jamais de pareille, semblait s'être juré de ne pas me laisser tranquille. Elle s'amusait, tandis que moi j'en étais tout troublé, à provoquer l'hilarité générale, à chaque instant, par de brusques folies dont j'étais la victime, ce qui lui causait une grande joie.

En pension, ses compagnes l'eussent traitée de vraie gamine. Elle était merveilleusement belle ; il y avait je ne sais quoi en elle qui saisissait immédiatement. Elle ne ressemblait sous aucun rapport à ces modestes petites blondes, douces comme un duvet et délicates comme de jeunes souris blanches ou comme des filles de pasteur. Elle était petite et grassouillette, mais son visage, modelé à ravir, était du dessin le plus délicat et le plus fin. Comme le feu, elle était vive, rapide et légère. Parfois le reflet d'un éclair passait sur son visage ; ses grands yeux francs, brillants comme des diamants, lançaient alors des étincelles ; je n'aurais jamais échangé de pareils yeux bleus contre des yeux noirs, fussent-ils plus noirs que ceux d'une Andalouse ; vrai Dieu ! ma blonde valait bien certaine brune, chantée jadis par un grand poëte qui avait juré en vers excellents être prêt à se faire rompre les os pour toucher seulement du doigt le bout de sa mantille. Ajoutez que ma belle était la plus gaie de toutes les belles du monde, la plus folle des rieuses, et alerte comme une enfant, malgré ses cinq ans de mariage. Le rire ne quittait pas ses lèvres, fraîches comme une rose qui aurait à peine entr'ouvert, aux premiers rayons du soleil, ses pétales rouges et parfumés, et garderait encore les grosses gouttes de la rosée matinale.

Le deuxième jour de mon arrivée on avait, il m'en souvient, organisé un spectacle. La salle était pleine ; plus un siège n'était vacant ; venu très-tard, je dus rester debout. Mais le vif intérêt que je prenais au spectacle m'attira vers la rampe, et, sans m'en apercevoir, j'arrivai aux premiers rangs. Là je m'arrêtai et m'appuyai au dossier d'un fauteuil. Une dame y était assise : c'était ma blonde, mais nous n'avions pas encore fait connaissance. Voilà qu'involontairement je me mis à regarder ses séduisantes épaules, blanches et potelées, bien qu'à vrai dire il me fût aussi indifférent de contempler de belles épaules de femme que d'admirer le bonnet à rubans rouges posé sur les cheveux gris d'une respectable dame assise au premier rang. A côté de ma belle blonde se trouvait une vieille fille, une de celles, comme j'ai eu depuis l'occasion de le remarquer, qui se réfugient toujours auprès des plus jeunes et plus jolies femmes, et choisissent surtout celles qui aiment à être entourées de jeunes gens. Mais peu importe : là n'est point l'affaire. Aussitôt qu'elle eut remarqué mes regards indiscrets, elle se pencha vers sa voisine et avec un rire moqueur lui lança quelques mots à l'oreille ; celle-ci se retourna vivement. Je vois encore les éclairs que ses yeux ardents lancèrent de mon côté ; moi, qui ne m'y attendais guère, je frissonnai, comme au contact d'une brûlure. La belle sourit.

– Cette comédie est-elle de votre goût ? me demanda-t-elle en me regardant fixement d'un air railleur et malicieux.

– Oui, répondis-je, la contemplant toujours avec une sorte d'étonnement qui semblait lui plaire.

– Pourquoi restez-vous debout ? Vous allez vous fatiguer ; est-ce qu'il n'y a plus de place pour vous ?

– C'est que précisément il n'y en a plus, lui répondis-je, plus soucieux alors de me tirer d'embarras que préoccupé de son regard étincelant. J'étais tout uniment content d'avoir enfin trouvé un bon cœur auquel je pouvais faire part de ma peine.

– J'ai déjà cherché, mais toutes les chaises sont prises, ajoutai-je, comme pour me plaindre de cet ennui.

– Viens ici, dit-elle vivement, aussi prompte à prendre son parti qu'à exécuter toute bizarre idée qui traversait sa tête folle ; – viens ici sur mes genoux !

– Sur vos genoux ?... répétai-je stupéfait.

Je viens de dire que mes privilèges d'enfant me faisaient honte et commençaient à m'offusquer. Cette proposition, par sa raillerie, me sembla monstrueuse ; d'autant plus que, de tout temps timide et réservé, je l'étais devenu encore davantage auprès des femmes. Je me sentis donc complètement interdit.

– Mais oui, sur mes genoux ! Pourquoi ne veux-tu pas t'asseoir sur mes genoux ?

Et en insistant elle riait de plus belle et finit par éclater bruyamment. Était-ce sa propre plaisanterie, ou bien mon air penaud qui provoquait sa gaieté ? Dieu le sait !

Je devins pourpre, et tout troublé je cherchai à me sauver ; mais elle me prévint en me saisissant par le bras pour m'en empêcher, et, à mon grand étonnement, m'attirant à elle, elle me serra la main douloureusement ; ses doigts brûlants brisèrent mes doigts et me causèrent une telle souffrance que, tout en grimaçant de douleur, je faisais tout mon possible pour étouffer les cris prêts à m'échapper. En outre, j'étais extrêmement surpris, épouvanté même, en apprenant qu'il peut exister de ces femmes méchantes capables de dire de telles sottises aux jeunes garçons et de les pincer aussi cruellement et sans motif devant tout le monde.

Mon visage devait exprimer ma détresse, car l'espiègle me riait au nez comme une folle, tout en continuant de pincer et de meurtrir mes pauvres doigts. Elle était enchantée d'avoir réussi à mystifier et à rendre confus un malheureux garçon comme moi. Ma position était lamentable : d'abord je me sentais pris de confusion, car tout le monde s'était tourné de notre côté, les uns jetant un œil interrogateur, les autres riant et devinant bien que la belle jeune femme avait fait quelque étourderie ; de plus, j'avais une violente envie de crier, car, me voyant rester sans voix, elle me serrait les doigts avec d'autant plus d'obstination ; mais j'étais résolu à supporter ma douleur en Spartiate, dans la crainte de faire un scandale après lequel je n'aurais plus su que devenir. Dans un accès de désespoir j'essayai de dégager ma main ; mais mon tyran était plus fort que moi. Enfin, à bout de courage, je poussai un gémissement. C'est ce qu'elle attendait ! Aussitôt elle me lâcha et se retourna, comme si rien ne se fût passé et comme si ce n'était pas elle qui m'eût joué ce mauvais tour. On eût dit un écolier qui, lorsque le maître a les yeux tournés, prend le temps de faire quelque niche à son voisin, de pincer un camarade, petit et faible, de lui donner une chiquenaude, un coup de pied, de le pousser du coude, et de se remettre en place, le regard fixé sur son livre, en répétant sa leçon, – le tout en un clin d'œil, – pour faire ensuite un pied de nez au maître irrité qui s'est élancé, vautour sur sa proie, du côté où il entendait du bruit.

Fort heureusement, l'attention générale fut en ce moment attirée sur la scène par le maître de la maison, qui jouait avec un réel talent le principal rôle d'une comédie de Scribe. On applaudit chaleureusement ; profitant du bruit, je me glissai hors des rangs et me sauvai à l'autre extrémité de la salle. Me réfugiant alors derrière une colonne, je regardai, saisi d'effroi, la chaise occupée par la belle malicieuse. Elle riait toujours, tenant son mouchoir sur sa bouche. Longtemps elle se retourna, scrutant de l'œil tous les coins ; elle semblait regretter que notre lutte enfantine fût sitôt terminée, et méditait, à coup sûr, quelque nouveau tour de sa façon.

C'est ainsi que nous fîmes connaissance, et à partir de ce soir elle ne me quitta plus d'un pas. Elle me poursuivit dès lors sans trêve ni merci, et devint ma persécutrice et mon tyran. Ses espiègleries avaient ce côté comique qu'elle paraissait s'être éprise de moi, et par cela même elles me blessaient d'autant plus vivement. Vrai sauvage, j'en ressentais une impression plus douloureuse. Par moments, ma position devenait à ce point critique, que je me sentais capable de battre ma malicieuse adoratrice. Ma timidité naïve, mes angoisses semblaient l'exciter à m'attaquer sans pitié ; et je ne savais où trouver un refuge. Les rires qu'elle savait toujours soulever et qui retentissaient autour de nous la poussaient sans cesse à de nouvelles espiègleries.

Enfin on commença à trouver que ses plaisanteries dépassaient les bornes. Et en effet, autant que je puis m'en rendre compte à présent, elle prenait vraiment plus de liberté qu'il ne convient avec un garçon de mon âge.

Mais son caractère était ainsi fait. C'était une enfant gâtée sous tous les rapports, et surtout, comme je l'ai entendu dire ensuite, gâtée par son mari, un petit homme, gros et vermeil, très-riche, très-affairé en apparence, d'un caractère mobile et inquiet, ne pouvant rester deux heures au même endroit. Chaque jour il nous quittait pour aller à Moscou ; il lui arrivait même de s'y rendre deux fois par jour, en nous assurant que c'était pour affaires. Il était difficile de trouver quelqu'un de meilleure humeur, de plus cordial, de plus comique, et en même temps de plus comme il faut que lui.

Non-seulement il aimait sa femme jusqu'à la faiblesse, mais encore il en faisait son idole. En rien, il ne la gênait. Elle avait de nombreux amis des deux sexes, Mais, étourdie en tout, elle ne se montrait guère difficile dans le choix de son entourage, quoique au fond elle fût beaucoup plus sérieuse qu'on ne pourrait le croire d'après ce que je viens de raconter.

Parmi ses amies, elle aimait et préférait à toute autre une jeune dame, sa parente éloignée, qui se trouvait aussi dans notre société. Entre elles s'était établie une douce et délicate amitié, de celles qui se plaisent souvent à germer entre deux caractères opposés, lorsque l'un est plus austère, plus profond et plus pur, et que l'autre, reconnaissant une supériorité réelle, s'y soumet avec tendresse et modestie, non sans garder le sentiment intime de sa propre valeur et conserver cette affection dans le fond de son cœur, comme un talisman. C'est dans de semblables relations que naissent les plus exquis raffinements du cœur : d'un côté une indulgence et une tendresse infinies ; de l'autre un amour et une estime poussés jusqu'à la crainte ; d'où résulte une bienfaisante appréhension de faiblir aux yeux de celle qu'on apprécie tant, mêlée au désir jaloux de pouvoir se rapprocher de plus en plus de son cœur.

Les deux amies étaient du même âge, mais la dissemblance entre elles était absolue, à commencer par le caractère de leur beauté. Madame M*** n'était pas moins belle que son amie, mais il y avait en elle quelque chose de particulier qui tranchait vivement et la faisait distinguer parmi toutes les autres jeunes et jolies femmes.

L'expression de son visage attirait immédiatement ou plutôt provoquait un sentiment de profonde sympathie. On rencontre parfois de ces visages prédestinés. Auprès d'elle on se sentait naître à la confiance, et cependant ses grands yeux tristes, ardents et pleins d'énergie, avaient aussi des expressions timides et agitées. La crainte de quelque chose de redoutable et de terrible paraissait le dominer ; ses traits, paisibles et doux, qui rappelaient ceux des madones italiennes, étaient parfois voilés d'un tel désespoir, que chacun, en la regardant, était pris de tristesse à son tour et partageait son angoisse.

Sur ce visage pâle et amaigri dont les traits s'illuminaient parfois d'une sérénité d'enfant, perçait, à travers le calme d'une beauté irréprochable, une sorte d'abattement : étreinte sourde et secrète, tempérée surtout par un demi-sourire, où semblaient se refléter les impressions récentes encore des premières années aux joies naïves. Cet ensemble complexe provoquait une telle compassion pour cette femme, que dans les cœurs germait involontairement un sentiment d'ineffable attraction. Bien qu'elle se montrât silencieuse et réservée, il n'était personne d'aussi aimant et d'aussi attentif qu'elle, dès qu'on avait besoin de compassion. Il y a des femmes qui sont des Sœurs de charité. On ne peut rien leur cacher, aucune douleur morale du moins ; celui qui souffre a le droit de s'approcher d'elles, plein d'espérance et sans crainte de les importuner ; on ne saurait sonder ce qu'il peut y avoir de patience, d'amour, de pitié et de miséricorde dans certains cœurs de femme. Ces cœurs si purs, souvent blessés, renferment des trésors de sympathie, de consolation, d'espérance ; et en effet, celui qui aime beaucoup souffre beaucoup ; ses blessures sont soigneusement cachées aux regards curieux, car un chagrin profond d'ordinaire se tait et se dissimule. Pour elles, jamais elles ne sont effrayées à l'aspect d'une plaie profonde, repoussante même ; quiconque souffre est digne d'elles ; d'ailleurs, elles semblent nées pour accomplir quelque action héroïque.

Madame M*** était grande, svelte et bien faite, quoique un peu mince. Ses mouvements étaient inégaux, tantôt lents, graves, tantôt vifs comme ceux d'un enfant ; on devinait dans ses manières un sentiment de délaissement, d'alarme peut-être, mais qui ne sollicitait nullement la protection. J'ai déjà dit que les taquineries peu convenables de ma malicieuse blonde me rendaient très-malheureux, et me blessaient cruellement. Or, il y avait à ma confusion une autre cause secrète, cause étrange et sotte, que je cachais à tous les yeux et qui me faisait trembler. En y pensant, la tête renversée, blotti dans quelque coin obscur et ignoré, à l'abri de tout regard moqueur et inquisiteur, loin des yeux bleus de quelqu'une de ces écervelées, je suffoquais de crainte et d'agitation ; bref, j'étais amoureux ! Mettons que j'ai dit là une absurdité et que pareille chose ne pouvait m'arriver. Mais alors pourquoi, parmi toutes les personnes dont j'étais entouré, une seule attirait-elle mon attention ? Pourquoi ce plaisir de la suivre du regard, bien qu'il ne fût pas de mon âge d'observer les femmes et de nouer des relations avec elles ? Souvent, pendant les soirées pluvieuses, lorsque toute la société était obligée de rester à la maison, je me blottissais dans un coin du salon, triste et désœuvré, car personne, excepté ma persécutrice, ne m'adressait la parole. Alors j'observais tout le monde et j'écoutais les conversations, souvent inintelligibles pour moi. Bientôt j'étais comme ensorcelé par les doux yeux, le sourire paisible et la beauté de madame M***, – car c'était elle qui occupait ma pensée, – et une impression vague et étrange, mais incomparablement douce, ne s'effaçait plus de mon cœur. Souvent, pendant plusieurs heures, je ne pouvais la quitter du regard ; j'étudiais ses gestes, ses mouvements, les vibrations de sa voix pleine et harmonieuse, mais quelque peu voilée, et, chose bizarre ! à force de l'observer, je ressentais une impression tendre et craintive, en même temps que j'éprouvais une inconcevable curiosité, comme si j'eusse cherché à découvrir quelque mystère.

Le plus pénible pour moi, c'était d'être en butte aux railleries dont je me trouvais si souvent victime, en présence de madame M***. Il me semblait que ces moqueries et ces persécutions comiques devaient m'avilir. Lorsque s'élevait un rire général dont j'étais la cause et auquel madame M*** prenait part involontairement, alors, pris de désespoir, exaspéré de douleur, je m'échappais des bras de mes persécuteurs et m'enfuyais aux étages supérieurs où je passais le reste du jour, n'osant plus me montrer au salon.

Du reste, je ne pouvais encore me rendre bien compte de cet état de honte et d'agitation. Je n'avais pas encore eu l'occasion de parler à madame M***, et, effectivement, je ne pouvais m'y décider. Mais un soir, après une journée particulièrement insupportable pour moi, j'étais resté en arrière des autres promeneurs et j'allais m'en retourner, me sentant extrêmement las, quand j'aperçus madame M*** assise sur un banc dans une allée écartée. Seule, la tête penchée sur sa poitrine, elle chiffonnait machinalement son mouchoir et semblait avoir choisi exprès ce lieu désert. La méditation dans laquelle elle était plongée était si profonde qu'elle ne m'entendit pas m'approcher d'elle. Dès qu'elle m'aperçut elle se leva rapidement, se détourna, et je vis qu'elle s'essuyait vivement les yeux. Elle avait pleuré. Mais séchant ses pleurs, elle me sourit et marcha à côté de moi.

Je ne me souviens plus de notre conversation, mais je sais qu'elle m'éloignait à tout instant sous différents prétextes : tantôt elle me priait de lui cueillir une fleur, tantôt de voir quel était le cavalier qui galopait dans l'allée voisine. Dès que j'étais à quelques pas, elle portait encore son mouchoir à ses yeux pour essuyer de nouveaux pleurs dont la source rebelle ne voulait pas tarir. Devant cette persistance à me renvoyer, je compris enfin que je la gênais ; elle-même voyait que j'avais remarqué son état, mais elle ne pouvait pas se contenir, ce qui me désespérait davantage. J'étais furieux contre moi-même, presque au désespoir, maudissant ma gaucherie et mon ignorance. Mais comment la quitter sans lui laisser voir que j'avais remarqué son chagrin ? Je continuais donc à marcher à ses côtés, tristement surpris, épouvanté et ne trouvant décidément aucune parole pour renouer notre conversation épuisée.

Cette rencontre me frappa tellement que pendant toute la soirée, dévoré de curiosité, je ne pouvais détacher les yeux de sa personne. Il arriva que deux fois elle me surprit plongé dans mes observations, et la seconde fois elle sourit en me regardant. Ce fut son seul sourire de toute la soirée. Une morne tristesse ne quittait pas son visage devenu très-pâle. Elle s'entretenait tranquillement avec une dame âgée, vieille femme tracassière et méchante que personne n'aimait, à cause de son penchant pour l'espionnage et les cancans, mais que tout le monde redoutait ; aussi chacun, bon gré, malgré, s'efforçait-il de lui complaire.

A dix heures on vit entrer le mari de madame M***. Jusque-là j'avais observé sa femme très-attentivement, ne quittant pas des yeux son visage attristé. A l'arrivée inattendue de M. M***, je la vis tressaillir, et elle, d'ordinaire si pâle, devint encore plus blanche. La chose fut si visible que d'autres la remarquèrent, et de tous côtés de3 conversations s'engagèrent. En prêtant l'oreille, je parvins à comprendre que madame M*** n'était pas heureuse. On disait son mari jaloux comme un Arabe, non par amour, mais par vanité.

C'était un homme de son temps, aux idées nouvelles, et il s'en vantait. Grand, robuste et brun, favoris à la mode, visage coloré et satisfait, dents d'une blancheur de nacre, tenue irréprochable de gentleman, tel était M. M***. On le disait homme d'esprit. C'est ainsi que, dans certains cercles, on désigne une espèce particulière d'individus devenus gros et gras aux dépens d'autrui, qui ne font rien et ne veulent positivement rien faire, et qui, par suite de cette paresse éternelle et de cette indolence continue, finissent par avoir une boule de graisse à là place du cœur. Eux-mêmes répètent à tout propos « qu'ils n'ont rien à faire, par suite de quelque circonstance fâcheuse et compliquée qui les accable ; ce dont ils sont fort à plaindre ». Cette phrase creuse, notre égoïste la répétait comme un mot d'ordre, et tout le monde commençait à en être fatigué.

Quelques-uns de ces drôles, impuissants à trouver ce qu'ils pourraient faire et qui d'ailleurs ne l'ont jamais cherché, voudraient prouver qu'à la place du cœur, ils ont, non pas une boule de graisse, mais quelque chose de profond. D'habiles chirurgiens pourraient seuls l'affirmer, et encore par politesse. Bien qu'ils n'emploient leurs instincts qu'à de grossiers persiflages, à des jugements bornés, à l'étalage d'un orgueil démesuré, ces individus ont du succès dans le monde. Ils passent tout leur temps à observer les fautes et les faiblesses des autres, et fixent toutes ces observations dans leur esprit ; avec la sécheresse de cœur qui les caractérise, il ne leur est pas difficile, possédant par devers eux tant de préservatifs, de vivre sans difficulté avec autrui. C'est ce dont ils se targuent. Ils sont à peu près persuadés que le monde est fait pour eux ; que c'est une poire qu'ils gardent pour la soif ; qu'il n'y a qu'eux de spirituels, que tous les autres sont des sots, que le monde est comme une orange dont ils expriment le jus, quand ils en ont besoin ; qu'ils sont les maîtres de tout, et que si l'état actuel des affaires est digne d'éloges, ce n'est que grâce à eux, gens d'esprit et de caractère. Aveuglés par l'orgueil, ils ne se connaissent point de défauts. Semblables à ces fripons mondains, nés Tartufes et Falstaffs, si fourbes qu'à la fin ils arrivent à se persuader qu'il doit en être ainsi, ils vont répétant si souvent qu'ils sont honnêtes, qu'ils finissent par croire que leur friponnerie est de l'honnêteté. Incapables d'un jugement quelque peu consciencieux ou d'une appréciation noble, trop épais pour saisir certaines nuances, ils mettent toujours au premier plan et avant tout leur précieuse personne, leur Moloch et Baal, leur cher moi. La nature, l'univers n'est pour eux qu'un beau miroir qui leur permet d'admirer sans cesse leur propre idole et de n'y rien regarder d'autre ; ce pourquoi il n'y a lieu de s'étonner s'ils voient laid. Ils ont toujours une phrase toute prête, et, comble du savoir-faire, cette phrase est toujours à la mode. Leurs efforts tendent à ce seul but, et quand ils y ont réussi, ils la répètent partout. Pour découvrir de telles phrases, ils ont le flair qui convient et s'empressent de se les approprier, pour les présenter comme si elles étaient d'eux. La vérité étant souvent cachée, ils sont trop grossiers pour la discerner, et ils la rejettent comme un fruit qui n'est pas encore mûr. De tels personnages passent gaiement leur vie, ne se souciant de rien, ignorant combien le travail est difficile ; aussi gardez-vous de heurter maladroitement leurs épais sentiments : cela ne vous serait jamais pardonné ; ces gens-là se souviennent de la moindre attaque et s'en vengent avec délices. En résumé, je ne peux mieux comparer notre individu qu'à un énorme sac tout rempli, pour mieux dire bondé de sentences, de phrases à la mode et de toutes sortes de fadaises.

Du reste, M. M*** avait encore cela de particulier qu'en sa qualité de beau parleur et de conteur caustique, il était toujours très-entouré dans un salon. Ce soir-là, surtout, il avait beaucoup de succès. Gai, plein d'entrain et de verve, il devint bientôt maître de la conversation et força tout le monde à l'écouter. Quant à sa femme, elle paraissait si souffrante et si triste, que je pensais voir à chaque instant des larmes perler au bout de ses longs cils.

Cette scène, comme je l'ai dit tout à l'heure, me frappa et m'intrigua au plus haut point. Je quittai le salon en proie à un étrange sentiment de curiosité qui me fit rêver toute la nuit de M. M***, et pourtant il m'arrivait rarement de faire de mauvais rêves.

On vint me chercher le lendemain matin pour la répétition des tableaux vivants, où je remplissais un rôle. Les tableaux vivants, le spectacle et la soirée dansante devaient avoir lieu cinq jours après pour fêter l'anniversaire de la naissance de la fille cadette de notre hôte. On avait lancé à Moscou et aux environs une centaine de nouvelles invitations pour cette fête, presque improvisée ; aussi le château était-il plein de vacarme, de mouvement et de remue-ménage.

La répétition, ou pour mieux dire la revue des costumes, devait avoir lieu ce matin-là ; d'ailleurs elle tombait très-mal à propos ; car notre régisseur général, le fameux artiste M. R***, qui se trouvait parmi les invités et qui, par amitié pour notre hôte, avait consenti à composer, à organiser ces tableaux et même à nous apprendre la manière de poser, était précisément forcé de se hâter pour partir à la ville acheter les différents objets et les accessoires nécessaires aux derniers préparatifs de la fête. Nous n'avions donc pas une minute à perdre.

Je figurais avec madame M*** dans un tableau vivant qui représentait une scène de la vie du moyen âge sous ce titre : La châtelaine et son page. Lorsque notre tour vint et que je me trouvai près de madame M***, un trouble inexplicable s'empara de moi. Il me semblait qu'elle allait lire dans mes yeux toutes les pensées, les doutes et les conjectures qui, depuis la veille, s'amoncelaient dans ma tête. Comme j'avais surpris ses larmes et troublé son chagrin, je me considérais presque comme coupable envers elle, et je m'imaginais qu'elle-même devait me regarder d'un œil sévère, me traiter comme un témoin importun de sa douleur.

Mais, grâce à Dieu, il en fut tout différemment : elle ne me remarqua même pas. Elle paraissait distraite, pensive et taciturne, se préoccupant aussi peu de moi que de la répétition ; son esprit était évidemment obsédé par quelque grave souci.

Dès que j'eus rempli mon rôle, je m'esquivai pour changer de vêtements, et, au bout de dix minutes, je revins sur la terrasse. Presque au même instant, madame M*** entrait par une autre porte, et en face de nous apparaissait son prétentieux mari. Il revenait du jardin, où il avait escorté tout un essaim de dames qu'il avait ensuite remises aux soins de quelque alerte cavalier servant.

La rencontre du ménage était évidemment inattendue. Je ne sais pourquoi madame M*** se troubla subitement et manifesta son dépit par un geste d'impatience. Son mari, qui sifflotait un air d'un ton insouciant tout en démêlant soigneusement ses favoris, fronça les sourcils à la vue de la jeune femme, et lui jeta, comme il m'en souvient, des regards inquisiteurs.

– Vous allez au jardin ? demanda-t-il, remarquant l'ombrelle et le livre qu'elle portait.

– Non, dans le parc, répondit-elle, et elle rougit légèrement.

– Toute seule ?

– Avec lui… répliqua madame M***, qui me désigna du regard.

– Le matin je me promène toujours seule, ajouta-t-elle d'une voix quelque peu troublée et hésitante comme si elle eût dit un premier mensonge.

– Hum !… C'est laque je viens de conduire toute la société. On est réuni près du pavillon pour faire les adieux à N***. Il nous quitte… vous savez ?… Il lui est arrivé quelque affaire désagréable à Odessa. Votre cousine (c'était la belle blonde) en rit et en pleure en même temps ; explique la chose qui pourra. Elle prétend que vous avez une dent contre N***, et c'est pour cela, dit-elle, que vous n'êtes pas allée le reconduire. C'est probablement une plaisanterie ?

– Elle a en effet plaisanté, répondit madame M*** en descendant les marches de la terrasse.

– C'est donc lui qui est votre cavalier servant de chaque jour ? demanda M. M*** en ricanant et en braquant sur moi son lorgnon.

– Son page ! m'écriai-je, exaspéré par la vue de ce lorgnon et par cet air moqueur. Et, lui riant au nez, je sautai, d'un bond, trois marches de la terrasse.

– Allons ! bon voyage ! marmotta-t-il en s'éloignant.

Dès que madame M*** m'avait désigné à son mari, je m'étais – est-il besoin de le dire ? – approché d'elle, comme si elle m'eût appelé déjà depuis une heure et comme si j'avais été régulièrement pendant tout le mois son cavalier dans ses promenades matinales. Mais ce que je ne pouvais comprendre, c'était la cause de son trouble, de sa confusion. Pourquoi s'était-elle décidée à faire ce petit mensonge ? Pourquoi n'avait-elle pas dit, tout simplement, qu'elle sortait seule ?

Je n'osais plus la regarder ; cependant, cédant à un instinct de curiosité, je lui jetais de temps en temps à la dérobée un coup d'œil plein de naïveté. Mais ici comme à la répétition elle ne remarquait ni mes regards ni mes muettes interrogations. On lisait sur ses traits, on devinait dans sa démarche agitée l'angoisse cruelle à laquelle elle semblait sujette, mais cette angoisse était peut-être en ce moment encore plus profonde et plus visible que jamais. Elle se hâtait, pressait le pas de plus en plus et jetait des regards furtifs et impatients dans chaque allée, chaque trouée du parc, se retournant à chaque minute du côté du jardin. De mon côté, je m'attendais à quelque événement.

Tout à coup nous entendîmes galoper derrière nous. C'était tout un cortège d'amazones et de cavaliers. Ils accompagnaient ce même N*** qui abandonnait si brusquement notre société. Parmi les dames se trouvait ma belle blonde que M. M*** venait de voir verser des larmes. Selon son habitude, elle riait maintenant comme une enfant, et galopait la tête haute sur un magnifique coursier bai. Toute cette cavalcade nous rejoignit en un instant ; N*** nous ôta son chapeau en passant, mais ne s'arrêta pas et n'adressa pas la parole à madame M***. Le groupe eut bientôt disparu. Je regardai alors ma compagne et j'étouffai un cri de stupeur ; elle était livide, et de grosses larmes jaillissaient de ses yeux. Par hasard nos regards se rencontrèrent : elle rougit et se détourna ; l'inquiétude et le dépit passèrent sur son visage. Comme la veille, bien plus encore que la veille, j'étais de trop, – c'était clair comme le jour... – mais comment faire pour m'éloigner ?

Madame M*** eut cependant une inspiration ; elle ouvrit son livre, et, tout en rougissant et en évitant mon regard, me dit, comme si elle venait de remarquer sa bévue :

– Ah ! c'est le deuxième volume ! je me suis trompée... va donc me chercher le premier, s'il te plaît !

Il était impossible de ne pas comprendre ce qu'elle désirait. Mon rôle auprès d'elle était terminé, et elle ne pouvait me congédier d'une façon plus nette. Je partis son livre à la main, et ne revins pas.

Le premier volume resta tranquillement posé sur la table toute la matinée.

Je me sentais tout autre ; une crainte continuelle faisait battre violemment mon cœur. Je fis tout mon possible pour ne plus me rencontrer avec madame M***. Mais en revanche, j'observais avec une sauvage curiosité la suffisante personne de M. M***, comme si j'avais dû découvrir en lui quelque chose de particulier. Je ne puis vraiment m'expliquer la cause de cette curiosité comique ; je me souviens seulement de l'étrange stupéfaction que j'éprouvais d'avoir été témoin de tout ce qui s'était passé le matin. Cependant cette journée, si féconde pour moi en incidents, ne faisait que commencer.

Ce jour-là on dîna de bonne heure. Une joyeuse partie de plaisir avait été projetée pour le soir : on devait se rendre dans un village voisin pour assister à une fête champêtre. Depuis trois jours déjà je ne faisais que songer à cette expédition, où je comptais m'amuser beaucoup. Un groupe nombreux d'invités prenait le café sur la terrasse. Je me glissai tout doucement derrière eux, et me blottis au milieu des fauteuils. Si grande que fût ma curiosité, je n'avais nulle envie d'être aperçu par madame M***. Mais par une sorte de fatalité je me trouvai tout près de ma blonde persécutrice. Chose incroyable ! miracle étonnant ! elle était devenue extraordinairement belle tout à coup. Comment cela se fait-il ? je ne sais, mais c'est un phénomène auquel les femmes sont quelquefois sujettes.

Parmi les convives se trouvait également un fervent adorateur de notre belle blonde, un grand jeune homme au teint mat, qui semblait n'être venu de Moscou que pour prendre la place laissée vide par N***, que l'on disait éperdument épris de la dame. Les relations qui semblaient exister depuis longtemps entre elle et le nouveau venu ressemblaient singulièrement à celles de Bénédict et Béatrice dans la comédie de Shakespeare : Beaucoup de bruit pour rien.

Quoi qu'il en soit, notre belle obtenait ce jour-là un grand succès. Elle s'était mise à causer et à plaisanter avec une grâce charmante, pleine de naïve confiance et d'excusable étourderie. S'abandonnant à une aimable présomption, elle paraissait sûre de l'admiration générale. Un cercle épais d'auditeurs, étonnés et ravis, l'entourait, s'élargissant à chaque minute ; jamais on ne l'avait vue si séduisante ! Tout ce qu'elle disait était applaudi ; on saisissait, on faisait circuler ses moindres mots ; chacune de ses plaisanteries, chacune de ses saillies produisait un effet. Personne n'aurait jamais attendu d'elle autant de goût, d'éclat et d'esprit, car d'ordinaire chez elle ces qualités disparaissaient sous ses extravagances et ses espiègleries perpétuelles, qui tournaient toujours à la bouffonnerie ; aussi remarquait-on rarement ses qualités, ou, pour mieux dire, ne les remarquait-on jamais. Il en résultait que le succès incroyable qu'elle remportait en ce moment avait été unanimement salué d'un murmure d'admiration flatteuse mêlée d'un certain étonnement.

Du reste, une circonstance particulière et assez délicate, à en juger par le rôle que remplissait pendant toute cette scène le mari de madame M***, contribuait à augmenter encore ce succès. A la grande joie de toute la société, ou pour mieux dire à la grande joie de tous les jeunes gens, notre aimable espiègle, abordant certains sujets de la plus haute importance, suivant elle, avait pris à partie M. M*** et s'acharnait contre lui. Elle ne cessait de lui décocher les brocards les plus caustiques et les plus ironiques propos, tantôt des sarcasmes pleins de malice, tantôt quelques-unes de ces pointes aiguës et pénétrantes qui ne manquent jamais le but. Comment résister à un tel assaut ? La victime qui veut lutter s'épuise en vains efforts et n'arrive par sa rage et son désespoir qu'à donner la comédie aux assistants.. Cette plaisanterie était-elle improvisée ? je ne l'ai jamais su exactement ; mais, selon toute apparence, elle avait dû être préméditée. Ce duel désespéré avait commencé pendant le dîner. Je dis désespéré, car M. M*** ne se rendit pas tout de suite. Il dut faire appel à toute sa présence d'esprit, à toute sa finesse, pour éviter une déroute complète qui l'eût couvert de honte. Quant aux témoins de ce combat singulier, ils avaient été pris d'un fou rire qui ne les quittait guère.

Quelle différence ce jour-là avec la scène de la veille ! Madame M*** avait eu plusieurs fois l'intention de couper la parole à son imprudente amie pendant que celle-ci réussissait si bien à parer son jaloux de mari de tout l'attirail grotesque et bouffon qui devait être celui de « Barbe-Bleue ». Voilà du moins tout ce qui m'est resté présent dans le souvenir, car moi-même je jouai un rôle dans toute cette escarmouche.

L'aventure m'arriva de la façon la plus ridicule et la plus inattendue. J'avais chassé tous mes mauvais soupçons et oublié mes anciennes précautions. Comme par un fait exprès, j'étais venu me placer en vue de tout le monde. L'attention générale fut tout à coup attirée sur moi ; notre belle blonde venait de me citer comme l'ennemi mortel et le rival juré de M. M*** : oui, j'étais follement épris de sa femme, mon tyran l'affirmait hautement et prétendait en avoir la preuve. Pas plus tard que le matin même, disait-elle, au bout du parc, elle avait vu…

Elle n'eut pas le temps d'achever : juste au moment où elle allait, peut-être, me placer dans une situation plus que critique, je lui coupai la parole. La perfide avait si cruellement calculé, si traîtreusement combiné la fin de son discours, que ce dénoûment ridicule, si drôlement mis en scène, fut accueilli par un éclat de rire homérique.

Je devinais bien que dans toute cette comédie, ce n'était pas moi qui jouais le plus vilain rôle ; pourtant je me sentis si confus, si exaspéré, si effrayé, que, tout haletant de honte, le visage en pleurs, en proie au trouble et au désespoir le plus profond, je m'ouvris passage à travers les deux rangs de fauteuils pour me précipiter vers mon bourreau en criant suffoqué par les larmes et l'indignation :

– N'avez-vous pas honte… vous, de dire tout haut… devant toutes ces dames… une chose aussi invraisemblable… et aussi méchante ?… Vous parlez comme une petite fille… devant tous ces messieurs !… Que vont-ils dire ?… Vous, qui êtes grande… et mariée !…

Un tonnerre d'applaudissements m'empêcha d'achever. Ma violente sortie avait fait fureur. Mes gestes naïfs, mes larmes et surtout ce fait que j'avais l'air de prendre parti pour M. M***, tout cela avait provoqué une telle explosion de rires, que même aujourd'hui, en y pensant, j'en ris encore.

Frappé de stupeur, pris de vertige, je restais là, debout, rougissant, pâlissant tour à tour ; puis, tout à coup, le visage caché dans les mains, je me précipitai brusquement au dehors. Sans m'occuper d'un plateau que portait un domestique et que je renversai au passage, j'escaladai vivement les marches de l'escalier, et je me précipitai dans ma chambre, où je m'enfermai à double tour. J'avais bien fait, car on courait à ma poursuite. Une minute après, ma porte était assiégée par toute une collection de jolies femmes. J'entendais leur rire mélodieux, le murmure de leurs voix ; elles gazouillaient toutes à la fois, comme des hirondelles, me priant, me conjurant de leur ouvrir la porte, ne fût-ce qu'une seconde ; elles juraient qu'elles ne me feraient aucun mal, qu'elles me couvriraient seulement de baisers. Hélas !... quoi de plus terrible pour moi que cette nouvelle menace ? Dévoré de honte, derrière ma porte, le visage enfoui dans mes oreillers, je ne soufflais mot. Longtemps, elles restèrent à frapper et à me supplier de céder à leurs instances ; mais en dépit de mes onze ans, je restai insensible et sourd.

Qu'allais-je devenir ? Tout ce que je gardais dans le fond de mon cœur, tout ce que je cachais avec un soin jaloux, tout était découvert et mis à nu... Je me sentais couvert d'une confusion et dune ignominie éternelles !...

Je n'aurais vraiment pas su dire moimême ce qui me faisait peur et ce que j'aurais voulu cacher ; mais pourtant il y avait quelque chose qui m'effrayait et qui me faisait trembler comme une feuille morte.

Jusqu'à ce moment, j'avais pu me demander si cela était avouable, digne d'éloges, et si l'on pouvait s'en vanter. Mais, à cette heure, dans mon angoisse et dans mon tourment, je sentais que c'était risible et honteux ! En même temps je comprenais par une sorte d'instinct qu'une telle manière de voir était fausse, cruelle et brutale ; mais j'étais tellement anéanti, j'avais la tête tellement en déroute, que tout raisonnement semblait s'être arrêté dans mon cerveau ; mes pensées étaient complètement brouillées. Je me sentais incapable de lutter contre la moindre idée ; déconcerté, le cœur mortellement blessé, je pleurais à chaudes larmes. De plus, j'étais fort irrité. L'indignation et la rancune bouillonnaient dans mon cœur ; jamais auparavant je n'avais éprouvé de semblables émotions, car c'était la première fois de ma vie que je ressentais un vrai chagrin et que je subissais un sérieux outrage.

Tout ce que je raconte là est absolument vrai et sincère, et je suis sûr de ne rien exagérer. Mes premiers sentiments romanesques, encore vagues et inexpérimentés, avaient été violemment choqués ; ma pudeur d'enfant, mise à nu, avait été froissée dans ce qu'elle avait de plus chaste et de plus délicat ; enfin on avait tourné en ridicule mon premier sentiment sérieux. Évidemment ceux qui se riaient de moi ne pouvaient ni connaître ni deviner mes tourments.

Une préoccupation secrète dont je n'avais pas eu le temps de me rendre compte et que je craignais d'examiner, contribuait beaucoup à augmenter mon chagrin. Couché sur mon lit, le visage enseveli dans mes oreillers, en proie à l'angoisse et au désespoir le plus profond, je me sentais tout le corps brûlant et glacé tour à tour pendant que mon esprit était bouleversé par les deux questions suivantes : Qu'avait pu remarquer le matin cette méchante blonde, dans mes rapports avec madame M*** ? Et d'autre part, comment pourrais-je désormais regarder en face madame M*** sans mourir de honte et de désespoir ?

Au dehors s'élevait un brouhaha extraordinaire, qui vint me secouer de ma torpeur ; je me levai pour courir à la fenêtre. Des équipages, des chevaux de selle, des domestiques allant et venant de tous côtés encombraient la cour. On se préparait au départ ; les cavaliers venaient de sauter en selle, et les autres invités s'installaient dans les voitures. Tout à coup, le souvenir de la partie de plaisir projetée me revint à la mémoire, et peu à peu une vague inquiétude envahit mon esprit. Je cherchai mon poney ; il n'était pas là ; donc j'avais été oublié. N'y tenant plus, je me précipitai à corps perdu dans la cour, en dépit de mon récent affront et sans souci des rencontres désagréables

Une mauvaise nouvelle m'attendait en bas ; pas de cheval pour moi, et dans les voitures plus une seule place disponible : tout était occupé par les grandes personnes ! Frappé par ce nouveau chagrin, je m'arrêtai sur le perron. Triste sort ! En être réduit à ne pouvoir contempler que de loin toute cette file de carrosses, de -coupés, de calèches, où il ne restait pas le plus petit coin pour moi ! A suivre seulement des yeux ces élégantes amazones qui faisaient caracoler leurs coursiers impatients.

Un des cavaliers était en retard ; on n'attendait plus que lui pour se mettre en route. Près du perron, son cheval, mâchonnant son mors, creusait la terre de ses sabots, tout frémissant et se cabrant à chaque minute, plein d'effroi. Deux palefreniers le tenaient par la bride, avec précaution, et les curieux avaient soin de s'en tenir à une distance respectable.

Décidément, il fallait se résigner à rester au logis, puisque toutes les places dans les équipages étaient occupées, tous les chevaux de selle montés par les hôtes du château, récemment arrivés ; de plus, pour comble de malheur, deux chevaux, dont l'un était justement le mien, étaient tombés malades, de sorte que je n'étais pas seul à subir ce contretemps qui m'accablait. Un des nouveaux venus, – c'était précisément ce même jeune homme au teint mat dont j'ai parlé, – se trouvait lui-même sans monture. Pour éviter toute espèce de reproches, notre hôte se vit forcé d'avoir recours à une ressource suprême : il donna l'ordre de mettre à la disposition du jeune homme un cheval fougueux et non dressé. Mais, par acquit de conscience, il crut de son devoir de le prévenir qu'il n'était pas possible de monter cet animal, dont le caractère était si mauvais que depuis longtemps il avait l'intention de le vendre. Le jeune cavalier, malgré cet avertissement, répondit qu'il montait passablement, et déclara qu'en définitive il était prêt à se mettre sur n'importe quel animal, ne voulant à aucun prix se priver de la partie de plaisir.

Notre hôte ne souffla mot, mais, aujourd'hui, je me souviens qu'un sourire fin et équivoque effleura ses lèvres. Il ne s'était pas mis lui-même en selle pour attendre le cavalier qui s'était vanté de son adresse, et, tout en se frottant les mains, il jetait à chaque instant des coups d'œil d'impatience du côté de la porte. Les deux palefreniers qui retenaient le cheval paraissaient animés du même sentiment ; ils étaient, de plus, tout gonflés d'orgueil en se sentant sous les regards de toute la société, près de cette bête magnifique qui, à chaque instant, cherchait à les renverser. L'expression pleine de malice du visage de leur maître semblait se refléter dans leurs yeux écarquillés où l'on devinait leur anxiété ; eux aussi regardaient fixement cette porte qui devait donner passage à l'audacieux cavalier. Le cheval, lui-même, paraissait être du complot, avec son maître et les palefreniers : il gardait une attitude fière et orgueilleuse, et semblait comprendre qu'une centaine de regards curieux étaient dirigés sur lui ; on eût dit qu'il voulait faire parade de sa méchante réputation, comme un incorrigible mauvais sujet. Il paraissait défier celui qui serait assez présomptueux pour vouloir attenter à sa liberté.

Notre jeune homme qui avait cette audace parut enfin. Tout confus de s'être fait attendre, il mit ses gants à la hâte, et s'avança sans rien regarder au tour de lui ; arrivé au bas des marches du perron, il leva les yeux, étendit la main et saisit la crinière du cheval écumant. Tout à coup il resta interdit à la vue de cette bête furieuse qui se cabrait et devant les clameurs éperdues de tous les assistants terrifiés. Le jeune homme recula et, tout perplexe, contempla l'animal indomptable qui tremblait comme la feuille et s'ébrouait de fureur ; ses yeux voilés de sang roulaient d'une manière farouche ; il s'affaissait sur ses jambes de derrière, battant l'air de celles de devant, cherchant à s'élancer et à s'échapper des mains des deux palefreniers. Le cavalier parut déconcerté ; puis il rougit légèrement, leva les yeux et regarda les dames épouvantées.

– Ce cheval est magnifique, murmura-t-il, et à en juger par l'apparence il doit être très-bon, mais…. mais… savez-vous ? Ce n'est pas moi qui serai son cavalier, ajouta-t-il en s'adressant directement à notre hôte avec un sourire naïf et franc, qui allait si bien à sa bonne et intelligente physionomie.

– Eh, parbleu ! je vous tiens quand même comme un excellent écuyer, répondit, tout joyeux, le possesseur de l'indomptable bête, en serrant fortement avec une sorte de reconnaissance la main de son hôte ; – car, du premier coup d'œil, vous avez compris à quel animal vous aviez affaire, ajouta-t-il avec emphase. Figurez-vous que moi, ancien hussard, j'ai eu, grâce à lui, le plaisir d'être jeté à terre par trois fois, c'est-à-dire autant de fois que j'ai essayé de monter ce… fainéant. Allons ! Tancrède, il paraît qu'il n'y a personne ici qui soit fait pour toi, mon camarade ; ton cavalier doit être quelque Élié Mourometz, qui n'attend que le jour où tu n'auras plus de dents. Eh bien ! qu'on l'emmène. Qu'il cesse de faire trembler les dames ! Allons ! décidément, il était bien inutile de le faire sortir de sa stalle.

Tout en parlant, notre hôte se frottait les mains et paraissait tout satisfait de lui-même. Remarquez que Tancrède ne lui rendait pas le plus petit service, qu'il lui occasionnait seulement des dépenses ; que, de plus, l'ancien hussard avait perdu sa vieille réputation de brillant cavalier avec ce magnifique animal, ce fainéant, comme il l'appelait, qu'il avait payé un prix fabuleux et qui n'avait pour lui que sa beauté. Il se sentait transporté de joie, car son Tancrède, en refusant encore une fois de se laisser monter, avait conservé son prestige et prouvé de nouveau son inutilité.

– Comment ! vous n'allez pas venir avec nous ? – s'écria la belle blonde qui voulait absolument que son cavalier servant restât auprès d'elle. – Est-ce que vraiment vous auriez peur ?

– Mais oui, certainement, répondit le jeune homme.

– Et vous parlez sérieusement ?

– Voyons ! madame, voulez-vous que je me fasse casser le cou ?

– Eh bien, dans ce cas, je vous cède mon cheval : n'ayez aucune crainte, il est fort tranquille. D'ailleurs, nous ne retiendrons personne : les selles vont être changées en un clin d'œil ! Je vais essayer de monter votre cheval ; j'ai peine à croire que Tancrède soit peu galant !

Aussitôt dit, aussitôt fait !

L'étourdie sauta à terre, et vint se camper devant nous en achevant sa dernière phrase.

– Ah ! que vous connaissez peu Tancrède, si vous vous imaginez qu'il va se laisser mettre votre méchante petite selle ! s'écria vivement notre hôte. Au surplus, je ne permettrai pas que ce soit vous qui vous cassiez le cou ; cela serait vraiment dommage !...

Dans ses moments de satisfaction, il prenait volontiers plaisir à exagérer encore son brusque parler rude et libre de vieux soldat ; car, dans son idée, ce ton lui donnait un air bon enfant qui devait plaire aux dames. C'était là un petit travers et son dada familier.

– Eh bien, toi, jeune pleurnicheur, toi, qui avais si grande envie de monter à cheval, ne veux-tu pas essayer ? me dit la vaillante amazone, en m'indiquant Tancrède de la tête.

Mécontente de s'être dérangée i nutilement, elle ne voulait pas se retirer sans m'adresser quelque mot blessant, sans me décocher quelque trait piquant, pour me punir de la bévue que je venais de commettre en me plaçant directement sous ses yeux.

– Certainement, tu ne ressembles pas à… mais laissons cela !... Tu es un fameux héros, et tu sauras, je l'espère, prendre courage, surtout, beau page, quand vous vous sentirez admiré, ajouta-t-elle, en jetant un coup d'œil du côté de madame M***, dont la voiture se trouvait tout près du perron.

Lorsque la belle amazone s'était approchée de nous avec l'intention de monter Tancrède, j'avais déjà éprouvé contre elle un vif sentiment de haine et de rancune. Mais je ne puis analyser l'impression que je ressentis lorsque cette terrible enfant m'adressa tout à coup ce défi, et surtout lorsque je saisis au vol l'œillade qu'elle lançait dans la direction de madame M***. En une seconde, ma tête se trouva en pleine ébullition ; oui, il ne fallut qu'une seconde, pas même une seconde, car la mesure était comble ; ce fut comme une explosion ; mon intelligence ranimée se révolta, et à ce moment il me vint dans l'esprit l'idée de faire quelque coup de tête, de montrer à tous qui j'étais, et de me venger ainsi de tous mes ennemis. On eût dit que, par une sorte de miracle, l'histoire du moyen âge, dont cependant je n'avais encore aucune idée, venait de m'être tout à coup révélée ; dans ma tête troublée se mirent à défiler tournois, paladins, héros, belles dames ; le cliquetis des épées, les exclamations et les applaudissements du peuple résonnaient à mes oreilles, et, parmi toutes ces clameurs, je croyais distinguer le cri timide d'un cœur effarouché. Une âme orgueilleuse se sent bien plus touchée par un semblable cri que par toutes les idées de gloire et de victoires. Je ne sais vraiment pas si, dans ce moment, mon esprit était dominé par ces chimères, ou plutôt par le pressentiment de ce futur galimatias auquel je n'ai pu échapper plus tard à l'école, mais j'entendis sonner mon heure. Mon cœur bondit, frémissant… D'un saut, je gravis les marches du perron et me trouvai à côté de Tancrède ; comment ? c'est ce dont je ne puis me rendre compte aujourd'hui.

— Ah ! vous croyez que je manque de courage ! m'écriai-je plein de témérité et d'orgueil. Je me sentais transporté de colère, je suffoquais d'émotion, et des larmes brûlaient mes joues écarlate. — Eh bien, vous allez voir !

Avant qu'on ait pu faire un mouvement pour me retenir, j'avais saisi la crinière de Tancrède et mis le pied dans l'étrier. Brusquement, Tancrède se cabra, rejeta sa tête en arrière et, faisant un bond énergique, s'échappa des mains des palefreniers stupéfaits, et partit comme une flèche.

Ce furent des cris et des exclamations.

Dieu seul pourrait savoir comment je parvins à passer mon autre jambe, à toute volée, par-dessus la selle sans lâcher les rênes. Tancrède m'emporta au delà de la porte cochère, tourna brusquement à droite, longea la grille, puis ensuite se dirigea au hasard.

Alors j'entendis derrière moi des clameurs qui éveillèrent dans mon cœur un tel sentiment d'orgueil et de satisfaction, qu'il me sera à jamais impossible d'oublier cette folie de mon enfance. Le sang me monta à la tête ; je fus assailli par un bourdonnement sourd ; toute ma timidité s'envola. Je ne me connaissais plus. Aujourd'hui que je repasse tout cet épisode dans ma mémoire, il me semble, vraiment, y trouver quelque chose de chevaleresque.

Au reste, ma chevalerie ne dura que quelques minutes : sans cela, mal en eût pris au chevalier. Je ne puis vraiment m'expliquer comment je pus échapper à quelque malheur. Je savais certainement monter à cheval : on m'avait donné des leçons d'équitation ; mais mon poney ressemblait plutôt à un agneau qu'à un cheval. Je suis donc intimement convaincu que Tancrède m'eût jeté à terre, s'il en avait eu le temps ; mais, au bout d'une cinquantaine de pas, une énorme pierre qui se trouvait au bord de la route lui fit prendre peur et faire un saut en arrière. Affolé, il tourna sur lui-même si violemment que maintenant encore je ne comprends pas comment je ne fus pas désarçonné, comment je n'eus pas les os rompus, ni même comment Tancrède, en pivotant si brusquement, ne se donna pas un écart. Rebroussant chemin, il s'élança vers la porte cochère ; il agitait furieusement sa tête, se démenait comme un possédé, se cabrait et s'efforçait, à chaque nouveau bond, de me culbuter, comme s'il avait eu sur le dos un tigre se cramponnant à lui, et le déchirant de ses dents et de ses griffes. Une seconde de plus, et j'aurais été précipité à terre ; je glissais même déjà, quand je vis accourir à mon secours plusieurs cavaliers.

Les deux premiers me coupèrent le chemin du côté des champs ; les deux autres, au risque de m'écraser les jambes, serrèrent Tancrède de si près, des flancs de leurs chevaux, qu'ils purent enfin le saisir par la bride.

Quelques instants après, nous étions auprès du perron.

On m'enleva de selle tout pâle et respirant à peine. Je tremblais, comme un brin d'herbe agité par le vent ; quant à Tancrède, s'affaissant de tout son poids sur ses jambes de derrière, il se tenait immobile, les sabots profondément enfoncés dans le sol ; un souffle brûlant s'échappait de ses naseaux rouges et fumants ; il était secoué par un frisson comme une feuille morte, stupéfait d'un tel affront et plein de rancune contre cet enfant dont l'audace restait impunie. On s'agitait autour de moi, en jetant des cris d'admiration et de surprise.

Tout à coup mon regard égaré rencontra celui de madame M***, toute pâle et tout émue ; alors, – je n'oublierai jamais cette minute, – une rougeur subite me monta au visage et couvrit mes joues brûlantes ; ce que j'éprouvai alors, je ne saurais le dire ; tout troublé par mes propres sentiments, je baissai timidement les yeux. Mais mon regard avait été remarqué et saisi. Tous les yeux se tournèrent vers madame M***, qui, prise à l'improviste, se sentit elle aussi rougir comme une enfant ; dominée par un sentiment naïf et involontaire, elle voulut s'efforcer maladroitement de dissimuler sa rougeur sous un sourire. Que toute cette scène devait être drôle pour ceux qui en étaient témoins !

Enfin à ce moment l'attention générale fut détournée par un mouvement singulier et inattendu, ce qui m'empêcha de devenir le sujet de la risée générale.

Celle qui avait été jusque-là ma mortelle ennemie, qui avait été cause de tout ce tumulte, mon beau tyran, s'élança vers moi et me couvrit de baisers. En me voyant accepter son défi et ramasser le gant qu'elle m'avait jeté, elle n'avait pu en croire ses yeux. Mais quand elle me vit emporté par Tancrède, accablée par les remords, elle était presque morte de 'frayeur.

Maintenant que tout était fini, maintenant surtout qu'elle avait surpris le coup d'œil lancé vers madame M***, mon trouble et ma rougeur subite, maintenant que, grâce aux idées romanesques de sa tête folle, elle pouvait prêter quelque nouveau sens secret et vague à mes pensées, sa joie éclata si vive, devant cet acte chevaleresque, que, toute fière, ravie et profondément touchée, elle s'élança vers moi et me serra contre sa poitrine. Au bout d'une minute, levant ses yeux, à la fois naïfs et sévères, où tremblaient deux larmes brillantes comme deux diamants, elle s'écria d'une voix grave et solennelle que nous ne lui avions jamais entendue :

— Ne riez pas, messieurs ; c'est très-sérieux !

Elle parlait ainsi sans remarquer que tout le monde autour d'elle, transfiguré comme par enchantement, se tenait immobile, admirant son noble enthousiasme. Cet élan si vif et si imprévu, ce visage grave, cette naïveté sincère, ces larmes venant du cœur, qu'on n'avait jamais jusqu'alors entrevues dans ses yeux constamment rieurs, tout cela était si émouvant, qu'on se sentait comme électrisé par son regard, son' geste et sa parole vive et ardente. Personne n'osait détacher les yeux de ce spectacle ; chacun craignait de perdre un mouvement de cette expression inspirée, si rare sur cette physionomie. Notre hôte lui-même était devenu rouge comme une pivoine, et plus tard on l'entendit avouer, dit-on, que, pendant une minute, il s'était senti follement épris de la dame.

Il va sans dire qu'après un tel événement j'étais un chevalier, un héros.

— Délorges ! Togenbourg !... criait-on de tous côtés.

Tout le monde m'applaudissait.

— Voilà comment est la nouvelle génération ! déclarait notre hôte.

— Mais il viendra ! il doit absolument venir avec nous ! s'écria la belle blonde : – nous lui trouverons, nous devons lui trouver une place… Il s'assiéra avec moi, sur mes genoux… ah ! non… pardon !… je me suis trompée ! reprit-elle en riant aux éclats, sans pouvoir se contenir, au souvenir de notre première rencontre. Mais, tout en riant, elle me caressait doucement la main et me câlinait, pour m'ôter toute idée d'offense.

– Certainement, certainement ! ce fut un cri général ; – il doit venir avec nous, il a bien mérité une place !

La chose fut arrangée en un clin d'œil. Toute la jeunesse supplia aussitôt la vieille fille, celle-là même qui avait été la cause de notre connaissance avec la jolie blonde, de me céder sa place ; elle fut obligée d'y consentir en souriant de dépit et en suffoquant intérieurement de colère. Sa protectrice, mon ex-ennemie devenue ma nouvelle amie, autour de laquelle elle tournait sans cesse, lui cria du haut de sa selle, tout en galopant sur son fringant coursier et en riant comme une enfant, qu'elle enviait son sort et qu'elle serait bien heureuse de pouvoir lui tenir compagnie, car elle prévoyait une averse qui allait arroser toute la société.

Sa prophétie se réalisa effectivement : une heure après il pleuvait à torrents, et notre excursion était manquée. Pendant plusieurs heures, nous fûmes obligés d'attendre avec patience dans des chaumières de paysans ; ce ne fut que vers les dix heures que la pluie cessa et que nous pûmes reprendre le chemin de la maison.

Lorsque nous dûmes repartir et remonter en voiture, je me sentis un peu de fièvre. A ce moment, madame M*** s'approcha de moi et s'étonna de me voir en simple veston, la gorge découverte. Je lui avouai que j'avais oublié mon manteau. Elle prit alors une épingle avec laquelle elle ferma le col de ma chemise, puis, détachant de son cou un petit fichu de gaze rouge, elle m'en entoura la gorge pour me préserver du froid. Tout cela se fit si rapidement que je n'eus même pas le temps de la remercier.

Quelques instants après notre retour, je la retrouvai dans le petit salon avec la jolie blonde et le jeune homme au teint mat qui s'était acquis le matin la réputation d'un bon cavalier, tout en refusant de monter Tancrède. Je me dirigeai vers madame M*** pour la remercier et lui rendre son fichu rouge. Mais après tous les incidents de ta journée, j'étais si troublé que j'éprouvai le besoin de m'en aller dans ma chambre méditer et réfléchir. Toutes sortes d'idées m'obsédaient ; de sorte qu'en lui remettant son fichu, je me sentis rougir jusqu'aux oreilles.

– Il a grande envie de le garder, je vous jure, dit le jeune homme en riant : je vois dans ses yeux qu'il a bien de la peine à vous le restituer.

– Oui, oui, vous avez raison ! s'écria la jolie blonde. – Eh bien, toi !... ajouta-t-elle d'un ton qui jouait l'indignation et tout en hochant la tête ; mais elle s'arrêta devant le regard sérieux de madame M*** qui semblait vouloir couper court à toute. plaisanterie.

Je m'esquivai rapidement.

– Oh ! que tu es nigaud ! continua l'espiègle, qui me rejoignait dans la chambre voisine, – elle serrait amicalement mes deux mains dans les siennes ; – si tu tenais absolument à garder ce fichu, il ne fallait pas le lui rendre ; tu n'avais qu'à lui dire que tu l'avais égaré ; voilà tout ! Ah ! tu n'as pas su t'y prendre !... Petit maladroit !

En terminant, elle me donna une légère tape sur la joue et se mit à rire en me voyant devenir rouge comme un coquelicot.

– Je suis ton amie maintenant ? Il n'y a plus d'inimitié entre nous, n'est-ce pas ?

Je lui répondis par un sourire et lui « errai la main en silence.

— Eh bien, il ne faut plus l'oublier ! Mais pourquoi trembles-tu ? Pourquoi es- tu si pâle ? Aurais-tu la fièvre ?

— Oui, je suis indisposé.

— Ah ! pauvre petit ! tu as eu trop d'émotions aujourd'hui ! Vois-tu, il faut aller te coucher avant le souper, et de main tu n'auras plus de fièvre. Allons, viens !

Elle m'entraîna dans ma chambre en m'accablant de tendresses. Pendant que je me déshabillais, elle s'éloigna un moment, courut en bas, me fit verser du thé et me l'apporta elle-même dans mon lit. En même temps, elle m'enveloppait d'une chaude couverture.

Étaient-ce l'étonnement et la reconnaissance pour tant d'empressement et de soins ; ou bien était-ce la conséquence de toutes les angoisses de cette journée, de cette partie de plaisir, de cette fièvre, – car tout cela avait profondément agi sur mon pauvre cœur, – toujours estil qu'en lui disant adieu, je l'enlaçai vigoureusement, comme ma meilleure et ma plus tendre amie, et je faillis fondre en larmes en me pressant sur son sein. Notre belle étourdie remarqua ma sensibilité, et de son côté fut tout émue…

— Tu es un bon garçon, murmura-t-elle, fixant sur moi des yeux attendris : tu ne m'en veux plus, n'est-ce pas ?…

À partir de ce moment nous fûmes les amis les plus tendres, les plus fidèles.

Il était encore de très-bonne heure le lendemain quand je m'éveillai, mais déjà ma chambre était tout inondée de soleil. Je sautai vivement hors de mon lit, me sentant tout à fait bien portant ; la fièvre de la veille était complètement oubliée, et j'éprouvais une joie inexprimable.

Tout ce qui s'était passé la veille me revint à la mémoire ; que n'aurais-je pas donné alors pour pouvoir encore une fois embrasser ma nouvelle amie, ma charmante blonde ? mais il était encore trop tôt ; tout le monde dormait. M'habillant à la hâte, je descendis au jardin et m'acheminai vers le parc. Je me glissai dans les endroits où la verdure était le plus touffue ; les arbres exhalaient un âcre parfum de résine ; les rayons du soleil qui pénétraient gaiement à travers le feuillage semblaient se réjouir de pouvoir percer par endroits la brume transparente qui montait des taillis. La matinée était superbe. J'avançais toujours, sans me rendre compte de la direction que je suivais, lorsque je me trouvai à la lisière du parc, au bord de la Moskowa. Au pied de la colline, à deux cents pas de l'endroit où je me tenais, je voyais couler la rivière. On fauchait l'herbe sur la rive opposée, et je m'oubliai complètement dans la contemplation de ce spectacle ; à chaque mouvement si rapide des faucheurs, j'entrevoyais les faux tranchantes tantôt brillant au soleil, tantôt disparaissant tout à coup, semblables à des serpents de feu qui chercheraient à se cacher ; l'herbe coupée formait de gros tas et s'alignait en longs sillons réguliers.

Il me serait difficile de dire combien de temps je restai plongé dans cette sorte d'extase, mais tout à coup je revins à moi, en entendant tout près, à une vingtaine de pas, dans une percée du parc, frayée entre la grande route et la maison seigneuriale, l'ébrouement d'un cheval qui frappait la terre avec impatience, creusant le sol de ses sabots. Ce bruit que j'entendais provenait-il de l'arrivée même du cavalier ? ou ce bruit me chatouillait-il depuis longtemps déjà, mais vainement, les oreilles, sans pouvoir m'arracher à mes observations ? je l'ignore.

Poussé par la curiosité, je pénétrai dans le parc ; j'avais fait quelques pas, lorsque j'entendis parler rapidement à voix basse. Je me rapprochai, écartant soigneusement les derniers buissons bordant la trouée, mais je fis aussitôt un bond en arrière, tout décontenancé et tout surpris. Devant mes yeux se trouvait une robe blanche que je reconnus tout de suite, et j'entendis une voix douce qui résonna comme une musique dans mon cœur. C'était madame M***. Elle se tenait tout près d'un cavalier qui lui parlait à la hâte du haut de sa selle. Quelle fut ma stupéfaction ! ce cavalier n'était autre que N***, ce même jeune homme qui nous avait quittés la veille dans la matinée, et dont le départ avait attiré les sarcasmes de M. M***. La veille il nous avait annoncé qu'il s'en allait très-loin, au sud de la Russie ; aussi jugez de mon étonnement en le revoyant à cette heure, seul avec madame M***. Quant à elle, l'émotion qui l'agitait la rendait méconnaissable ; de grosses larmes roulaient sur ses joues. Le jeune homme, penché sur sa selle, tenait sa main qu'il couvrait de baisers. Évidemment, je ne surprenais que l'instant des adieux, car ils avaient tous deux l'air de se hâter. A la fin il sortit de sa poche une enveloppe cachetée qu'il remit à madame M***, puis entourant de ses bras la jeune femme, il lui donna, toujours sans quitter la selle, un long baiser passionné. Une minute après, cravachant son cheval, il passait devant moi comme une flèche. Pendant quelques instants, madame M*** le suivit du regard, puis, triste et pensive, s'achemina vers la maison. Mais à peine avait-elle fait quelques pas dans la percée que, se remettant peu à peu de son trouble, elle écarta les branches du taillis et poursuivit sa route à travers le parc.

Je la suivais de près, stupéfait de tout ce que je venais de voir. Mon cœur battait violemment, j'étais épouvanté, pétrifié, abasourdi ; toutes mes idées étaient complètement troublées ; cependant, je me souviens parfaitement de la tristesse qui m'envahissait. Par moments, à travers les taillis, j'entrevoyais sa robe blanche et je la suivais machinalement des yeux sans la perdre de vue et tout en me dissimulant de mon mieux.

Elle prit enfin le sentier qui conduisait au jardin. J'attendis un instant pour faire de même. Mais quelle fut ma surprise, lorsque j'aperçus sur le sable rouge de l'allée un paquet cacheté que du premier coup d'œil je reconnus pour celui qu'on venait de remettre à madame M*** un quart d'heure auparavant. Vivement je le ramassai : l'enveloppe ne portait pas d'adresse ; il était tout petit, mais assez pesant, et devait contenir au moins trois feuilles de papier à lettre.

Que signifiait ce paquet ? Il renfermait certainement dans ses plis un secret. N*** avait-il achevé d'y avouer tout ce que la rapidité du départ ne lui avait pas permis de dire dans ce trop court rendez-vous ? Car, soit qu'il fût vraiment pressé, soit qu'il ait craint de se trahir au dernier moment, il n'avait même pas pris le temps de mettre pied à terre.

Je m'arrêtai au bord du sentier et j'y jetai l'enveloppe à l'endroit le plus apparent, sans le quitter des yeux et dans l'espoir que madame M***, s'apercevant de sa perte, reviendrait sur ses pas.

Mais au bout de quelques instants, comme elle ne se retournait pas, je ramassai ma trouvaille, et la serrant dans ma poche, je rattrapai madame M***. Elle était dans la grande allée du jardin et, rêveuse, le regard baissé, marchait rapidement vers la maison.

Que faire ? Je ne savais que résoudre. M'approcher d'elle et lui rendre son enveloppe ? C'était lui prouver que j'avais tout vu, que je savais tout. Dès le premier mot, je me serais trahi. Et ensuite comment aurais-je osé la regarder ? De quel œil me verrait-elle désormais ? Je conservais toujours l'espoir qu'elle s'apercevrait de sa perte et reviendrait en arrière. J'aurais pu, alors, jeter en cachette l'enveloppe au milieu du sentier et la lui faire ainsi retrouver. Mais non ! Nous étions sur le point d'entrer dans la cour, et d'ailleurs elle avait été aperçue…

Ce matin-là, justement, par une sorte de fatalité, tout le monde s'était levé de bonne heure, car la veille, après cette partie de plaisir manquée, on en avait organisé une autre, détail que j'ignorais encore. On se préparait au départ et l'on déjeunait sur la terrasse.

Pour ne pas me laisser voir en compagnie de madame M***, j'attendis à peu près dix minutes et je revins après avoir fait tout le tour du jardin. Quand je l'aperçus, elle marchait le long de la terrasse, pâle et inquiète, les bras croisés sur la poitrine ; on voyait qu'elle s'efforçait d'étouffer dans son cœur une morne et cruelle angoisse qui se trahissait dans son regard, dans sa démarche, dans chacun de ses mouvements.

Par moments, elle descendait les marches de la terrasse et faisait quelques pas entre les plates-bandes dans la direction du jardin ; ses regards, anxieux et impatients, erraient sur le sol, fouillant le sable des sentiers et de la terrasse. Plus de doute ! elle avait constaté la disparition de l'enveloppe et pensait l'avoir laissée tomber quelque part près de la maison ! Oui, c'était là, évidemment, la cause de son angoisse ! Quelques-uns des invités remarquèrent sa pâleur et son trouble, et l'accablèrent aussitôt de questions sur sa santé, et de fâcheuses condoléances, auxquelles elle fut obligée de répondre en riant et en badinant ; car elle faisait tous ses efforts pour paraître gaie. Puis, par instants, elle jetait, à la dérobée, un regard inquiet sur son mari qui s'entretenait tranquillement avec deux dames dans un coin de la terrasse ; la pauvre femme semblait aussi troublée et aussi frémissante que le premier soir lors de l'arrivée de M. M***.

Au fond de ma poche, ma main serrait fortement la fameuse lettre, tandis que je me tenais à l'écart, faisant des vœux pour que le hasard dirigeât vers moi l'attention de madame M***. J'aurais voulu pouvoir l'encourager, la tranquilliser, ne fût-ce que du regard, lui chuchoter quelques mots en cachette... Mais lorsque je la voyais se tourner de mon côté, je frissonnais et baissais les yeux aussitôt.

Je distinguais nettement ses souffrances. Aujourd'hui encore, j'ignore quel pouvait être son secret, je ne sais rien de plus que ce dont je fus témoin et que je viens de raconter. Peut-être leur liaison n'était-elle pas ce qu'elle paraissait être au premier abord ? Peut-être leur baiser n'était-il qu'un baiser d'adieu, qu'une dernière et faible récompense en retour d'un sacrifice fait à la tranquillité et à l'honneur de la pauvre femme ? Peut-être N*** partait-il, s'éloignant pour toujours ? Enfin cette lettre que je tenais dans ma main, qui sait ce qu'elle pouvait contenir ? D'ailleurs, qui donc avait le droit de juger et de blâmer cette femme ? Cependant, j'avais le pressentiment que si l'on découvrait son secret, c'était comme un coup de foudre qui allait éclater dans son existence.

Je vois encore l'expression de son visage dans ce moment : il ne pouvait s'y peindre plus de souffrance. Évidemment elle se disait que, dans un quart d'heure, dans une minute peut-être, tout allait être découvert, que l'enveloppe serait trouvée, ramassée et ouverte, comme toutes celles qui ne portent pas d'adresse… et alors qu'adviendrait-il ? Est-il un supplice plus affreux que celui qui la menaçait ? Elle allait voir se dresser devant elle comme juges tous ces gens dont le visage en ce moment souriant et flatteur deviendrait aussitôt sévère et implacable ! Elle n'y trouverait plus qu'ironie cruelle, mépris glacial ; sa vie se changerait en une nuit éternellement sombre et obscure…

Toutes ces impressions, je ne les ressentais pas alors aussi vivement qu'aujourd'hui en y songeant. Je ne pouvais avoir à ce moment que des soupçons et des pressentiments, mais je souffrais en voyant le danger auquel elle était exposée sans toutefois le bien comprendre. Pauvre femme ! quel que fût son secret, par ces moments d'angoisse dont j'ai été témoin et qui ne s'effaceront jamais de ma mémoire, elle expiait toutes ses fautes, si tant est qu'elle en eût commis !

Le signal du départ fut donné joyeusement ; un grand brouhaha se fit entendre ; de vives conversations et des éclats de rire partirent de tous côtés comme des fusées. En deux minutes la terrasse fut déserte.

Madame M*** renonça à la partie de plaisir en se disant indisposée ; comme chacun se hâtait, personne ne l'importuna par des regrets, des questions et des conseils. Quelques personnes seulement restèrent au logis. M. M*** adressa la parole à sa femme ; elle lui répondit que son indisposition se dissiperait sans doute le jour même, que ce malaise dont il n'y avait pas lieu de s'inquiéter ne l'obligerait en aucune façon à s'aliter, mais qu'au contraire elle s'en irait faire un tour dans le jardin… toute seule… c'est-à-dire avec moi... Et elle me désigna du regard en parlant. Je rougis de bonheur. Un instant après, nous étions en promenade.

Elle se dirigeait vers les allées mêmes et les sentiers que. nous avions suivis le matin, en revenant du parc. Je devinais qu'instinctivement elle s'efforçait de rappeler à son souvenir l'itinéraire de notre promenade matinale ; elle regardait attentivement devant elle, les yeux fixés sur le sol, cherchant à y découvrir l'objet perdu, sans répondre à mes questions ; peut-être même avait-elle oublié que je marchais à ses côtés. Arrivée à l'endroit où se finissait le sentier et où j'avais ramassé la lettre, madame M*** s'arrêta et d'une voix faible et haletante d'angoisse m'annonça qu'elle se sentait plus mal et qu'elle désirait s'en retourner. En revenant, nous approchions de la grille du jardin, lorsqu'elle s'arrêta de nouveau et sembla réfléchir ; un sourire désespéré passa sur ses lèvres ; elle paraissait tout affaiblie, accablée par sa douleur, et pourtant résignée, passive et muette ; tout à coup elle revint sur ses pas, sans prononcer une parole.

J'étais anxieux, ne sachant que faire. Nous nous acheminâmes, ou pour mieux dire, je l'entraînai vers cet endroit même où, une heure auparavant, j'avais entendu le galop du cheval et la conversation des deux jeunes gens. Là, tout près d'un orme touffu, il y avait un banc taillé dans une énorme pierre et entouré de lierre, de seringat et d'églantines ; car dans ce parc on trouvait à chaque pas des ponts, des pavillons, des grottes, enfin toutes sortes de surprises. Madame M*** s'affaissa sur le banc en jetant un regard éteint sur le beau paysage qui se déroulait devant nous. Puis, au bout d'une seconde, ouvrant son livre, elle y fixa son regard, mais je voyais bien qu'elle ne lisait pas, car elle ne tournait pas les feuillets et paraissait ne pas se rendre compte de ce qu'elle faisait. Il était près de neuf heures et demie. Le soleil resplendissant sur le fond bleu du ciel semblait se consumer de ses propres feux. Les faucheurs étaient déjà loin ; de notre rive, on les entrevoyait à peine. Ils laissaient derrière eux des sillons d'herbe fauchée dont une brise légère nous apportait de temps en temps les émanations balsamiques. Nous entendions le concert incessant de tous ces êtres qui « ne sèment ni ne récoltent », mais qui sont libres comme l'air fouetté par leurs ailes légères. Chaque fleur, chaque petit brin d'herbe, exhalant un parfum, sorte d'encens offert au Tout-Puissant, semblait remercier le Seigneur de tant de félicité et de béatitude !

Je regardais la pauvre femme qui se trouvait isolée et comme morte au milieu de toute cette allégresse ; au bout de ses cils perlaient deux grosses larmes, chassées du cœur par une douleur aiguë. Sans doute, il ne dépendait que de moi de rendre la vie et le bonheur à ce pauvre cœur mourant ; mais comment m'y prendre ? comment faire le premier pas ? J'étais en proie à un cruel tourment. Plus de cent fois j'essayai de m'approcher d'elle, mais à chaque tentative je sentais le feu me monter au visage.

Tout à coup il me vint une idée lumineuse ; je crus avoir trouvé un moyen ; cette pensée me ranima.

– Voulez-vous que je vous fasse un bouquet ? m'écriai-je d'une voix si joyeuse que madame M*** releva la tête et me regarda fixement.

– Oui, tu peux m'en apporter un, me répondit-elle d'une voix languissante, en souriant à peine et abaissant tout aussitôt les yeux sur son livre.

– Il n'y aura plus de fleurs ici quand l'herbe sera fauchée ! m'écriai-je gaiement. Et je m'élançai dans le taillis pour accomplir mon projet.

J'eus bientôt fait un bouquet tout simple. Sans doute il n'eût pas été digne d'orner sa chambre ; mais comme mon cœur battait, chaque fois que je cueillais une de ces fleurs qui devaient composer ce bouquet ! Je ramassai à cet endroit même du seringat et des églantines ; dans un champ de blé voisin que je connaissais, je courus chercher des bluets que j'entourai d'épis de seigle choisis parmi les plus gros et les plus dorés. Il y avait également là une quantité de myosotis, ce qui grossit considérablement mon bouquet. Quelques pas plus loin, dans la prairie, j'y ajoutai des campanules et des œillets ; quant aux nénufars, j'allai les chercher au bord de la rivière. Puis en revenant je poussai une pointe jusque dans le parc pour y cueillir quelques-unes de ces feuilles d'érable d'un si beau vert éclatant dont je voulais entourer cette gerbe champêtre. Tout à coup je foulai du pied un tapis de pensées sauvages, et à côté, guidé par leur parfum, je découvris, cachées dans l'herbe fraîche et épaisse, de belles violettes, encore tout aspergées de rosée limpide. Un brin d'herbe long et mince, que je tordis en cordelette, lia le tout, puis dans le milieu je glissai prudemment la lettre, en la cachant sous les fleurs, de manière qu'elle pût apparaître au premier coup d'œil. Je portai alors mon bouquet à madame M***.

Je crus m'apercevoir, chemin faisant, que la lettre était trop en évidence, et je la dissimulai plus soigneusement sous les fleurs ; à quelques pas de madame M***, je l'enfonçai encore davantage ; enfin au moment même de le lui offrir, je poussai l'enveloppe si loin dans le fond, qu'elle ne fut plus du tout visible.

Mes joues brûlaient. J'avais une folle envie de me cacher la figure dans les mains et de m'enfuir à toutes jambes.

Elle regarda mes fleurs, sans avoir l'air de se souvenir que j'étais allé les chercher pour elle ; machinalement elle étendit la main, prit mon cadeau, sans même le regarder, et le posa sur le banc, comme si je ne le lui avais donné que pour cela ; puis baissant de nouveau les yeux sur son livre, elle demeura plongée dans une sorte de torpeur.

Devant mon insuccès, je me sentais prêt à fondre en larmes. – Puisse-t-elle garder mon bouquet, – pensais-je, – et ne pas l'oublier !

Accablé, j'allai me coucher sur l'herbe, à quelque distance du banc où elle se trouvait, et, posant ma tête sur mon bras droit replié, je fermai les yeux, simulant le sommeil ; mais j'attendais toujours anxieux sans la quitter du regard…

Dix minutes s'écoulèrent ; il me sembla qu'elle pâlissait de plus en plus

Tout à coup le hasard m'envoya un bienheureux allié.

C'était une grosse abeille dorée que le doux zéphyr portail de notre côté, pour notre bonheur. D'abord elle bourdonna autour de moi, et puis elle s'envola vers madame M***, qui plusieurs fois la chassa avec la main. Mais l'abeille devenant de plus en plus importune, la jeune femme saisit le bouquet et l'agita devant elle ; aussitôt la lettre s'en échappa et tomba droit sur son livre ouvert.

J'eus le frisson. Pendant quelques secondes, muette de surprise, madame M*** regarda alternativement l'enveloppe et les fleurs qu'elle tenait à la main ; elle ne pouvait en croire ses yeux. Tout à coup elle rougit et tourna vers moi son regard…. Mais j'avais surpris son coup d'œil et je continuai à feindre de dormir ; jamais je n'aurais pu la regarder en face dans ce moment ! Mon cœur palpitait et tressautait dans ma poitrine, comme celui d'un oiseau entre les doigts cruels d'un enfant.

Je ne sais plus combien de temps je restai couché, les yeux fermés : deux ou trois minutes peut-être.

Enfin je me décidai à les entr'ouvrir. Madame M*** dévorait fiévreusement sa lettre. Ses joues brûlantes, ses yeux brillants de larmes, son visage resplendissant, dont chaque trait reflétait maintenant le sentiment joyeux qui l'animait, tout témoignait clairement que son bonheur entier était enfermé dans cette lettre et que son angoisse s'était dissipée en un moment, comme la fumée. Une sensation d'une douceur infinie, contre laquelle il m'eût été impossible de résister, inonda mon cœur. Non ! jamais je ne pourrai oublier un tel moment !

Tout à coup des voix éloignées parvinrent jusqu'à nous :

– Madame M***, Nathalie ! Nathalie !...

Vivement, elle se leva et silencieusement s'approcha de l'endroit où j'étais couché. Elle se baissa ; je sentis qu'elle me regardait en face ; mes cils palpitèrent. Ah ! quel effort pour ne pas ouvrir les yeux et continuer à respirer avec la même égalité paisible ? car les battements précipités de mon cœur m'étouffaient. Son souffle ardent me brûla la joue ; elle approcha son visage tout près du mien, comme si elle eût voulu m'éprouver. Enfin un baiser effleura la main que j'avais posée sur ma poitrine, et en même temps je sentis tomber sur elle de grosses larmes. Deux fois de suite elle baisa cette main.

– Nathalie ! Nathalie ! Où es-tu ? criait-on à quelques pas de nous.

– Je viens ! répondit-elle de sa belle voix pleine et harmonieuse, en ce moment voilée et tremblante de larmes ; mais elle le dit si bas que seul je pus entendre ce « Je viens ! »

Alors je me trahis : tout mon sang me monta du cœur au visage. Tout à coup un baiser rapide et ardent me brûla les lèvres. Je poussai un faible cri et j'ouvris les yeux, mais aussitôt un fichu de gaze me tomba sur le visage, comme pour me protéger des rayons de soleil.

Un instant après, elle avait disparu. J'entendis le bruit de ses pas qui s'éloignaient, et je restai seul.

Je saisis son fichu et je le couvris de baisers, ivre de joie. Pendant quelques minutes je fus comme fou !... Encore brisé par tant d'émotions, étendu sur les coudes dans l'herbe, je restais là, fixant d'un œil hagard tout ce paysage qui m'entourait, les collines, les vastes prairies, la rivière serpentant à perte de vue, resserrée entre les coteaux et les villages qui apparaissaient comme des points lumineux dans le lointain ensoleillé, tandis que la vaste ceinture des forêts environnantes semblait s'envoler comme une légère fumée bleue dans l'horizon enflammé.

Peu à peu, sous l'influence de cette douce quiétude, du calme solennel qui se dégageait de toute la nature, mon cœur troublé s'apaisa. Je me sentis mieux, et je poussai un long soupir…

Mon âme, dominée par une sorte de pressentiment, se sentait envahie par une vague et douce langueur. Mon pauvre cœur effarouché palpitait d'impatience, devinant quelque chose…

Tout à coup ma poitrine s'agita, je sentis une douleur cuisante, comme si quelque arme aiguë m'eût transpercé de part en part, et des larmes, de douces larmes jaillirent de mes yeux. Je me couvris le visage de mes mains, et, tremblant comme un roseau, je m'abandonnai librement au premier sentiment, à la première révélation de mon cœur. Mon enfance venait de finir…

Au bout de deux heures, lorsque je revins à la maison, je n'y trouvai plus madame M***. Par suite de quelque circonstance imprévue, elle était partie pour Moscou avec son mari.

Je ne l'ai jamais revue.